*"A moose tuik a dander
ben the wid.
A tod saw the moose,
an the moose luiked guid."*

Come a wee bit farrer intae thon deep mirk wid,
an fin oot fit happens fin the
sleekit moose faas in wi a hoolet, a snake
an a hungry gruffalo . . .

First published 2015 by Itchy Coo
Itchy Coo is an imprint and trade mark of James Francis Robertson and
Matthew Fitt and used under licence by Black & White Publishing Limited

Black & White Publishing Ltd
29 Ocean Drive, Edinburgh EH6 6JL

1 3 5 7 9 10 8 6 4 2   15 16 17 18

ISBN: 978 1 78530 004 2

The Gruffalo first published by Macmillan Children's Books in 1999
Text copyright © Julia Donaldson 1999
Illustrations copyright © Axel Scheffler 1999
Translation copyright © Sheena Blackhall 2015

Author, illustrator and translator rights have been asserted in accordance with
the Copyright, Designs and Patents Act 1988

LOTTERY FUNDED

The Doric
GRUFFALO

Julia Donaldson
Illustrated by Axel Scheffler
Translated into Doric by Sheena Blackhall

Itchy Coo

A moose tuik a dander ben the wid.
A tod saw the moose, an the moose luiked guid.
"Far are ye gaun tae, wee broon moose?
Come ett wi me in ma unnergrun hoose."
"It's kind o ye, Tod, tae say Hello –
Bit I'm gaun tae ett wi a gruffalo."

"A gruffalo? Fit's a gruffalo, then?"
"A gruffalo! Foo, dae ye nae ken?

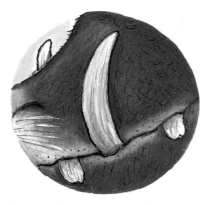 

"He has fearie tusks, an fearie claas,

An fearie teeth in his fearie jaas."

"Far will ye tryst wi him?"
"Here, by thon steens,
An his favourite maet is roast tod's beens."

"Roast tod's beens! I'm aff!" Tod said.
"Cheeriebye, wee moose," an awa he gaed.

"Daft auld Tod! Fit a numpty, tho!
There's nae sic ferlie's a gruffalo!"

On gaed the moose ben the deep derk wid.
Hoolet luiked doon, thocht the moose looked guid.
"Far are ye gaun tae, wee broon moose?
Come ett wi me in ma treetap hoose."
"It's kind o ye, hoolet, tae say Hello –
Bit I'm gaun tae ett wi a gruffalo."

"A gruffalo? Fit's a gruffalo, then?"
"A gruffalo! Foo, dae ye nae ken?

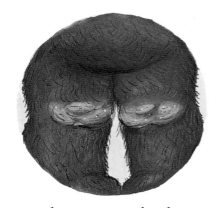

"He has girssly knees,   an his taes turn oot,

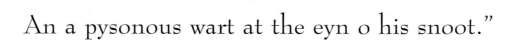

An a pysonous wart at the eyn o his snoot."

"Far will ye tryst wi him?"
"By thon burn side.
Hoolet ice cream makks his mou gap wide."

"Hoolet ice cream! Toowhit toowhoo!"
"Cheeriebye wee moose," an awa Hoolet flew.

"Daft auld Hoolet's a numpty, tho!
There's nae sic ferlie's a gruffalo!"

On gaed the moose ben the deep derk wid.
A snake luiked up, thocht the moose looked guid.
"Far are ye gaun tae, wee broon moose?
Come ett wi me in ma logpile hoose."
"It's kind o ye, snake, tae say Hello –
Bit I'm gaun tae ett wi a gruffalo."

"A gruffalo? Fit's a gruffalo, then?"
"A gruffalo! Foo, dae ye nae ken?

"His een are orange,

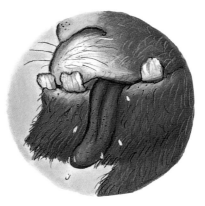

his tongue is blaik,

He has purple jaggies aa ower his back."

"Far will ye tryst wi him?"
"Doon bi the loch.
He lues a snake that's minced up roch."

"Minced up snake? Thon's ill tae chaw!
Ta ta," hissed the snake, an skyted awa.

"Daft auld Snake is a numpty, tho!
There's nae sic ferlie's a gruffal . . .

. . . Oh!"

Bit fit is thon beastie wi fearie claas
An fearie teeth in his fearie jaas?
He has girssly knees an his taes turn oot
An a pysonous wart at the eyn o his snoot.
His een are orange, his tongue is blaik,
He has purple jaggies aa ower his back.

"Help help! Hello!
Dearie me! Oh no! Ye're a gruffalo!"

"Ye're ma best-liked meal in the deep derk wid.
Moose," (quo the Gruffalo) *"ay tastes guid!"*

"Guid?" said the moose. "Dinna caa me guid!
I'm the feariest beastie in this wid.
Jist wauk ahin me an sune ye'll see,
Aabody here is feart o me."

"*Aa richt,*" said the Gruffalo, roarin wi lauchter.
"*Ye gyang aheid an I'll follae efter.*"

They wauked an wauked till the Gruffalo quo,
"*I hear a hiss in the leaves ablow.*"

"It's Snake," said the moose. "Weel, Snake, hello!"
Snake tuik ae keek at the Gruffalo.
"Crivvens!" he said, *"Ta ta, wee moose!"*
An aff he gaed tae his logpile hoose.

"Ye see?" said the moose. "Fit I said wis true."
The Gruffalo cried, *"I'm dumfounert noo!"*

They wauked some mair at the Gruffalo's speed.
"I hear a hoot in the trees aheid."

"Hoolet!" said the moose. "Weel, Hoolet, hello!"
Hoolet tuik ae keek at the Gruffalo.
"Dearie me," he said, *"Ta ta, wee moose!"*
An aff he flew tae his tree-tap hoose.

"Ye see?" said the moose. "I telt ye true."
The Gruffalo cried, *"I'm bumbazed noo!"*

They wauked till the Gruffalo gaed a roar.
"I hear feet on the path afore."

"It's Tod," quo the moose. "Weel, Tod, hello!"
Tod tuik ae keek at the Gruffalo.
"*Jings!*" he said, "*Ta ta, wee moose!*"
An aff he ran tae his unnergrun hoose.

"Noo, Gruffalo," said the moose. "Ye see?
Aabody is feart o me!
Bit noo ma stammach's stertin tae rummle.
My favourite maet is – gruffalo crummle!"

"Gruffalo crummle! That means me!"
An faist as the win did the Gruffalo flee.

Aa wis quaet in the deep derk wid.
The moose fand a nut an the nut wis – guid.